黑田杏子俳句選譯

[日]黑田杏子 著
董振华 译注

陕西新华出版传媒集团
陕西旅游出版社

图书在版编目（CIP）数据

黑田杏子俳句选译 /（日）黑田杏子著；董振华译. — 西安：陕西旅游出版社，2021.7
ISBN 978-7-5418-4100-2

Ⅰ．①黑… Ⅱ．①黑… ②董… Ⅲ．①俳句－诗集－日本－现代 Ⅳ．① I313.25

中国版本图书馆 CIP 数据核字（2021）第 141356 号

黑田杏子俳句选译	黑田杏子著　董振华译

责任编辑：韩　舒
出版发行：陕西新华出版传媒集团　陕西旅游出版社
　　　　　（西安市曲江新区登高路1388号　邮编：710061）
电　　话：029-85252285
经　　销：全国新华书店
印　　刷：陕西汇丰印务有限公司
开　　本：880mm×1230mm　　1/32
印　　张：7
字　　数：140千字
版　　次：2021年7月　第1版
印　　次：2021年8月　第1次印刷
书　　号：ISBN 978-7-5418-4100-2
定　　价：60.00元

黑田杏子女士和译者（后），2019年于金子兜太宅

出版说明

短歌和俳句是日本古典诗歌的主要形式，深受日本人民喜爱。短歌是由5、7、5、7、7的31个音组成，而俳句是由5、7、5的17个音组成，并包括季语和切字。据统计，目前日本的俳句爱好者多达一千万人，俳句在各个国家都有较大影响。

中国于1990年5月在杭州成立"中国和歌俳句研究会"，1993年在上海成立"俳句汉俳研究交流协会"，1995年在北京成立"中国歌俳研究中心"，2005年3月成立了"中国汉俳学会"。

汉俳是中日两国文化交流的产物。1980年，日本俳人大野林火先生率领日本俳人协会代表团第一次访问中国，代表团成员也包括译者的俳句老师金子兜太先生。中方的赵朴初先生在北京北海公园仿膳饭庄举行欢迎宴会，席间仿照俳句形式赋诗三首，其中一首云："绿荫今雨来，山花枝接海花开，和风起汉俳。"自此，汉俳诞生并成为两国诗人交流的主要形式之一。

日本俳句界分为三个派别，即现代俳句协会（有季定型、无季定型、口语俳句、自由律）、俳人协会（有季定型）、日本传统俳句协会（有季定型、花鸟风咏）。黑田杏子女士虽属俳人协会，但与现代俳句协会的金子兜太先生志同道合，惺惺相惜。多年来，黑田杏子女士多次策划金子兜太先生与各界名人的相互交流活动，兼任主持人。黑田杏子女士俳句的特点是通俗易懂，她的许多俳句作品被介绍到欧美及亚洲国家。但目前在中国还没有对其作品的翻译介绍，因此译者便尝试按照黑田杏子出版作品的先后次序及近期作品创作时间的先后，从中择优选译，以飨读者。译文后附译注，仅供参考。

出版にあたり

　短歌と俳句は日本古典詩歌の主要な形式として、日本人にこよなく愛されている。短歌は 5、7、5、7、7 の 31 音からなる。俳句は 5、7、5 の 17 音からなり、季語と切れ字を含める。統計によると、日本の俳句愛好者は 1000 万人にものぼり、俳句は世界の主要な国々にも大きな影響を与えている。
　中国では、1990 年 5 月北京で「和歌俳句研究会」、1993 年上海では「俳句漢俳研究交流協会」が創立された。更に、北京では、1995 年に「中国歌俳研究中心」、2005 年には「中国漢俳学会」が相次いで創立した。
　漢俳は中日両国の文化交流の賜物である。1980 年に、大野林火氏を団長とする日本の俳人代表団が初めて中国を訪問した。私の俳句の師である金子兜太氏もメンバーの一人だった。北京の北海公園の「仿膳飯荘」で催された歓迎昼食会で、中国側代表の趙朴初氏が、俳句の音節に倣って中国語で三首の詩を賦した。その

うちの一つに「绿荫今雨来，山花枝接海花开，和风起汉俳。」(緑蔭今雨来る　山の花枝接して海の花開く　和風漢俳を起こす)がある。詩の最後の2文字が「漢俳」の由来である。その後、漢俳は両国の詩人が交流する主要な形式の一つとなった。

　日本の俳句界は、現代俳句協会(有季定型、無季定型、口語、自由律)、俳人協会(有季定型)、日本伝統俳句協会(有季定型、花鳥諷詠)の3つに分かれている。この度翻訳した俳人の黒田杏子氏は、俳人協会に所属しているが、現代俳句協会に所属していた金子兜太氏と意気投合し、賢者は賢者を惜しむ関係であった。長きにわたり、幾たびも金子兜太氏と各界著名人との相互交流活動を企画し、司会者の兼任を務めてこられた。

　黒田杏子氏の俳句は分かり易く、氏の作品の多くは欧米及びアジア諸国に紹介されている。しかし当面、中国ではまだ翻訳・紹介されていない。そこでこの度、訳者は黒田杏子氏の、これまでに出版された作品や最近作られた全作品の時系列に従って、特に優れるものを選んで中訳を試みた。ぜひ中国の俳句愛好者の皆様に一読していただきたい。また、全ての訳に注を付しているので、参考にしていただければ幸いである。

目 录

序 / 1
正文 / 1
翻译后记 / 194

序
刘德有

朋友董振华日前来电告知，日本著名女俳句诗人黑田杏子女士主办的俳句杂志《蓝生》，2020年11月将迎来创刊30周年，希望我代表中国的汉俳学会致贺词，同时告知其正在选译黑田杏子女士的俳句，希望我为选译作序。

很早以前我就听说过黑田杏子的名字，具体日期我记得不太清楚了，好像是在北京的中日友好协会举办的"中日诗人·俳人交流会"上曾经碰过一两次面，遗憾的是双方没有机会交流。不过，黑田女士活跃在日本俳坛的事迹，我通过杂志或报纸时有了解，当然也包括2020年2月获得"第20届现代俳句大奖"的报道。

第二次世界大战后，日本女性的地位获得很大提高，俳句界也不例外。加之战后对俳句现代意义的激烈讨论，使得俳人被压抑的情感得到释放。通过对现代俳句追根溯源，逐渐诞生了以中村草田男、加藤楸邨、金子兜太等人为代表的"前卫俳句"。在巨大的社会变革中，俳人逐渐结成团体，俳句刊物的创办也如雨后春笋。俳坛涌现出了大批崭露头角的女流俳人，黑田杏子女士便是其中之一，她与现代俳句协会前会长宇多喜代子并称"双璧"。

《蓝生》创刊前后，中日诗人、俳人的交流日益活跃，盛况空前。前往中国吟行的日本俳人创作了许多以在中国所见所闻为题材的优秀俳句，其中令我印象最为深刻的便是黑田杏子女士吟咏北京春天漫天飞舞的柳絮的句子。

柳絮飛ぶ街友人に囲まれて
京城柳絮漫天飞
文友雅集话诗句

柳絮舞う友人という玉手箱
柳絮随风高飞扬
朋友犹似宝物箱

柳絮とぶ旅人として存えて
异乡柳絮飞
旅情存心底

从这些俳句中除了能感受到黑田杏子女士对中国友人的深情厚谊外，也让我联想到有关"咏絮之才"这一流传至今的中国古代故事。

大家都知道三国时期的魏国最后被晋朝所取代，东晋有位宰相叫谢安。一个寒冷的下雪天，谢安举行家庭聚会，为

子侄辈讲解诗文。不一会儿雪下大了，谢安高兴地问："这纷纷扬扬的大雪像什么呢？"侄子谢朗说："撒盐空中差可拟。"侄女谢道韫答道："未若柳絮因风起。"谢道韫因其比喻精妙而受到众人赞许，也因为这个著名的故事，她与汉代的班昭、蔡琰等成为中国古代才女的代表，而"咏絮之才"也成为后人对有文采的女性的赞美词。

拜读了黑田杏子女士的俳句之后，我觉得她是一位感受力强、表现力丰富、文采斐然的女俳人。她的代表作"白葱のひかりの棒をいま刻む"（白葱轻轻切／光棒分分短）十分有名，已被收录到日本学生的教科书中。我第一次看到这首俳句是在中国的网络上，第一直觉是这首俳句的"ひかりの棒"的"ひかり"就是真的闪着光的感觉。大连某大学的校长曾经在介绍日本女俳人的活跃情况时引用过这首俳句，并给予了高度评价："立意新颖，技巧超群，无论内容抑或形式，都属于高水平。"

除了文学创作外，黑田杏子女士还积极从事许多社会活动，数十年如一日高举反对战争、守护和平的旗帜，与俳句界泰斗金子兜太先生志同道合、惺惺相惜。黑田杏子女士经常与金子兜太先生一起奔赴各地演讲，她还多次策划筹办金子兜太先生与各界名人的交流活动，并亲自担任主持。在金子兜太先生尚健在的2017年，由黑子杏子女士牵头创办了杂志《兜太TOTA》（藤原书店），一年出版两次。

《黑田杏子俳句选译》一书的译者就是本文开头提到的朋友董振华，当他将译稿拿给我看时，我的第一印象就是，他几乎将黑田杏子女士各个时期的重要作品都收录其中，这对中国读者特别是俳句爱好者是一种福音。

黑田杏子女士的俳句，取材广泛，内容丰富，立意新颖，清新优美，诗情饱满，质朴率真，读后有种说不出的爽朗感，句句打动人心。在读的过程中，有一种伸手即可触及作者心灵的感觉。俗话说："文如其人。"如果作者没有纯洁丰富的感情及多年的生活积累，没有对人生的无限热爱与细致观察，没有诗人的资质的话，如何能写出这么多打动读者心弦的优美作品呢？我不得不佩服她的艺术才华。

俳句是日本民族特有的文学形式之一，它不需要背景描写，只要将瞬间的印象写入句中即可。能写出短小精悍、凝练含蓄，令人回味无穷的俳句，不是一件容易的事情，需要高超的技巧，将多余的字句全部省略，只集中于描述一件或两件事物。因此，俳句在日本被称为"省略文学"，还被称为文字的"音乐"或者文字的"绘画"。

我认为董振华作为黑田杏子女士的句作翻译者非常合适。他在日本庆应大学留学之后，入金子兜太先生门下学习俳句，曾直接接受其指导进行俳句创作。金子兜太先生曾经对董振华有如下评价和赞誉："董振华跟我一起创作俳句，他能将日语的语感完美地理解，即使复杂的内容也能很巧妙

地纳入5、7、5音的形式中。因此,他在给我主办的刊物《海程》投稿后不久,就完全融入了高级班,成为一名丝毫不逊色的俳句作者。他的俳句语感优美,内容丰富,平实而富魅力,我认为这是天生诗才的证明,可以说有一种只有中国人才能写得出来的新鲜感。"2019年6月吉林文史出版社出版了董振华选译的《金子兜太俳句选译》译本,这次选译出版的《黑田杏子俳句选译》是其第二部译作。

将日本俳句翻译并介绍到中国,对增进中日文化交流和促进两国人民相互理解具有重要意义。如果译者能够努力去接近俳句作者的内心世界,能够努力消弭两国人民间存在的审美差异,真正做到汉译俳句既保持诗的形态美又有诗的内涵,那么这一可贵的实践,对中国人更深刻地理解俳句,了解日本人的心灵,推动俳句的汉译,以及发展汉俳这一新的诗体,都是非常有益的。董振华正是这样的实践者,他在创作俳句的同时,长期翻译数量庞大的俳句,并且在大胆尝试不同翻译形式的过程中形成了自己独特的风格。

我年轻时也从事过翻译工作,深知翻译的艰难,译诗则更难。从某种意义上讲,翻译是一项"不可为而又不得不为之"的活动,它涉及不同语言、不同文化、不同风俗习惯、不同思维方式等一系列问题。俳句就其本质来说是诗,在翻译界围绕诗歌是否可译的问题,一直存在着不同的看法,至今争论不休。以我浅见,如果是以传达"意美"为标准,大

部分诗歌是可译的，但是诗的"形美"，有的可译，有的不完全可译，有的完全不可译；至于诗的"音美"，包括音律、音韵，以及特殊的修辞法等，是不可译的。此外，翻译除了一些词和语句外，往往不可能有一个统一的答案，十人翻译会有十个结果。同一篇原著在正确理解的前提下，你可以这么翻译，他又可以那么翻译。即使同一个译者在不同时期，因其理解的不同，可以有不同译法，这是无可指责的。由此可见，翻译不是单纯的文字转换，而是需要译者的再创作。翻译俳句正是如此，有人主张翻译俳句时在形式上应译成长短句，也有人主张翻译成汉俳形式，意见各不相同。董振华的翻译都忠实于原文，在注重原句的神髓、风格、节奏的同时，还注意形式与押韵，有的采用了5、7、5三节律诗形式的汉俳，有的译为五言两句或七言两句，尽可能地保持俳句的原意，由此可以窥见他对日语和中国古典诗歌的深厚造诣。

本书付梓前，译者董振华嘱我作序，灯下信笔书此拙文，以塞其请。

刘德有 1931年出生于辽宁省大连市。原文化部副部长，现任中华日本学会名誉会长、中日关系史学会名誉会长、汉俳学会会长，北京大学兼职教授、北京外国语大学名誉教授。主要中文著作有《在日本十五年》《现代日语趣谈》《战

后日语新探》《时光之旅——我经历的中日关系》《心灵之约——我亲历的中日文化·学术交流》《旅怀吟笺——汉俳百首》《我为领袖当翻译》等。日文著作有《日本语与中国语》《我的人生与日语》。主要译作有《祈祷》(有吉佐和子)、《突然变成的哑巴》(大江健三郎)、《山芋粥》(芥川龙之介)、《虫子二三事》(尾崎一雄)、《残像》(野间宏)等。2018年获"翻译文化终身成就奖"。

序に代えて

劉徳有

　日本の著名な女流俳人黒田杏子氏が主宰する「藍生」が、2020年11月に創刊30周年を迎える。ぜひ中国漢俳学会を代表しての祝辞をお願いしたい、また、別途「黒田杏子俳句選訳」に序文も書いてほしいとの依頼の電話を、友人の董振華氏から受け取った。

　黒田杏子氏のお名前はかねてから伺っていた。具体的な日時は記憶していないが、確かに北京の中日友好協会で、中国の詩人と日本の俳人との交流会が行われた際、一、二度お見掛けしたことがあるが、残念なことに、言葉を交わしたことはなかった。しかし、氏が日本の俳句界でエネルギッシュに活躍しておられるご様子は、雑誌や新聞報道などで承知していた。もちろん、2020年の2月に「第20回現代俳句大賞」受賞されたことも存じ上げていた。

　第二次世界大戦後、日本における女性の活躍には目覚ましいものがある。俳句界でも同様なことが言えるのではなかろうか。戦後、俳句の現代的意義についての白熱化した議論によって、戦時中に、抑圧されていた俳人達の情感が呼び覚まされ、現代俳句の表現の根拠の追及などを通じ、中村草田男、加藤楸邨、

金子兜太らによって「社会性」を標榜した、いわゆる「前衛俳句」が生まれるという大きな変動の中で、結社が急速に増え、個人誌の創刊も相次ぎ、女流俳人の目覚ましい輩出が見られるようになった。その中で頭角を現した女流俳人は数多い。そして黒田杏子氏は現在、俳句界では、現代俳句協会元会長の宇多喜代子氏と並ぶ存在となっている。

　「藍生」の創刊以前から、中日間の詩人と俳人の交流は非常に盛んになり、活況を見せるようになった。中国へお出でになられた多くの俳人が中国を題材にした優れた句作を発表しておられるが、柳絮舞う北京の春を詠った黒田杏子氏の秀句に特に目を引かれた。

　　柳絮飛ぶ街友人に囲まれて
　　柳絮舞う友人という玉手箱
　　柳絮とぶ旅人として存えて

　これらの句は黒田杏子氏の中国人への厚い友情を感じさせるとともに、句作から「柳絮の才」という中国に伝わるある有名な故事を思い出した。

　お馴染みの『三国志』で知られる魏の国にかわってうち立てられた晋の国に、謝安（しゃあん）という宰相がいた。ある日、にわかに雪が降ってきたので、家のものを集めて、「さあ、この

雪は何に喩えたらよいか？みんなで言ってご覧と問ったところ、甥の謝朗（しゃろう）は「『塩を空中に撒くにやや擬すべし』とでも表現したら……」と答えたが、姪の謝道韞（しゃどううん）は、「それより、『柳絮の風に因りて起こる』と言ったほうがよっぽどいいヮ」と言ったので、伯父の謝安は大いに感心し、悦ぶ。謝道韞は才女の誉れをほしいままにするが、以来、世間では女性の文才をほめて「柳絮の才」というようになった。

　黒田杏子氏の句作を拝見しての感想だが、黒田氏の感受性は鋭く、表現力が豊かである。女流俳人としてすぐれた文才の持ち主のお一人であるとお見受けした。

　黒田氏の代表作の「白葱のひかりの棒をいま刻む」は教科書などにも収録されており、あまりにも有名である。この名句を最初に発見したのは、中国のネットからである。直感を言わせていただければ、この句の「ひかりの棒」の「ひかり」が光っているように思われる。大連のある大学の学長さんが、日本の女流俳人の活躍ぶりを紹介した文章の中でこの句を引用しており、「趣意が新鮮で、技巧は抜群、内容、形式ともにハイレベルである」と賛辞を惜しまず、高い評価を与えている。

　文学創作の傍ら、黒田杏子氏はまた社会的活動にも心血を注がれている。数十年一日の如く、反戦平和の姿勢を貫いて来られ、俳句界の泰斗、反戦平和の旗手の金子兜太氏と共に、対談、鼎談、また司会役を務めたり、各地へ共に講演に出かけ

たりして、活躍してこられた。金子氏がまだ健在の2017年に『兜太TOTA』誌(年二回出版)を創刊、主幹を務めてこられた。

『藍生』創刊30周年という節目の年にあたり、中国語版の『黒田杏子俳句選訳』が出版されることは、誠に錦上に花を添える、喜ばしいことである。

黒田杏子氏の作品の翻訳者は、冒頭で触れた董振華氏である。ゲラを見せていただいた感じでは、黒田氏の各時期の重要作品がほとんど網羅されており、中国の読者とりわけ俳句の愛好者にとって福音であろう。

黒田杏子氏の俳句は、題材が広く、着想が新鮮で、詩情にあふれ、素朴であるということに要約されよう。同時に清新、優美、こまやかで人々の心を打つものがあり、若々しい感性がのびのびと示され、読後の印象がまことに爽快という評を読んだ覚えがある。「文は人なり」という言葉があるが、読んでいてまるで作者のこころと魂にじかに触れる思いがする。もし、作者に純潔で豊かな感情と長い間の生活の蓄積がなく、人生にたいする限りない愛と細やかな観察がなければ、さらにまた詩人としての資質が具わっていなければ、人々の心の琴線に触れる美しい佳句をこんなにも多く世に送り出すことは到底不可能だと思う。黒田氏のすぐれた芸術的才能に敬服せざるを得ないゆえんである。

また、私見だが、董振華氏は、黒田氏の句作の翻訳者として、最適任者だと思う。董氏は日本留学ののち、金子兜太氏の門

下に入り、直接句作の指導を受け、ご自身も俳句を作っておられる。「(俳句誌『海程』)のトップクラスの人たちに伍して、少しも遜色のない俳句作者に」なった。「語感が美しく、内容の豊かなことに感心」した。「平明で、魅力を覚える。中国人でなければ書けない俳句の新鮮さがある」。「天性の詩才に恵まれている証拠」などなど、これは董氏出版の句集に序文を書かれた金子兜太氏の評価であり、賛辞である。董氏は2019年6月に、中国の吉林文史出版社から『金子兜太俳句選訳』の訳本を出しており、この度上梓する『黒田杏子俳句選訳』は第二弾である。俳句をこよなく愛し、俳句に深い造詣のある董氏こそ、黒田氏の翻訳者として、うってつけの人選であろう。

　今日中国における俳句の翻訳・紹介は、中日文化交流の発展と両国人民の相互理解の増進にとって、重要な意義があると思う。もし、翻訳者が俳人のこころの世界にできるだけ近づき、両国人民の間に実際に存在する美意識上の差異を極力なくすよう努力することによって、俳句の中国語訳の形式美は保もたれ、さらにその訳がまぎれもなく詩であるならば、この有意義な素晴らしい実践は、中国人の俳句に対する理解を深めると同時に、日本人のこころを知るうえで、さらに俳句の中国訳の推進、漢俳という新しい詩体の発展にとって、有益であることは言うまでもない。

　董振華氏は正にこのことの実践者であると思う。董氏は俳句

を作る傍ら、長期にわたって膨大な量にのぼる俳句を翻訳し、しかも大胆な試みをされながら新機軸を生み出している。詩の翻訳は難しい、というのが大方の人々が一致して認めるところである。詩は訳せるという人もいれば、訳せないという人もいる。私は、詩は訳せるし、また訳せないと考えている。一般的に言って、意味そのものの美しさを訳すだけなら、大部分の詩は訳せると思う。しかし、詩の形式美は訳せるものと、完全には訳せないもの、さらに全く訳せないものがある。そして、音声の美に至っては、韻律や特殊なレトリックなどを含めて訳せるものではないのではないか。俳句の翻訳もたぶん同じだと思う。形のうえで、俳句を長短句に訳すべきと主張する者、いや、漢俳のように訳すべきだと主張する者、と色々さまざまである。董氏は5、7、5三節の律詩の形を整えた漢俳や五言二句、七言二句の形に訳しているが、ともかくに見た目は俳句に近いというのがその取り柄だろう。しかし、漢字は仮名と違い、情報量が大きく、いきおい内容が大きく膨らみ、引きしまらない点が弱みである。かと言って、長短句が完ぺきであるかというと、必ずしもそうとは言い切れない。一長一短である。しかし、総じて言えば、董氏の翻訳は、原文に忠実で、句の神髄、風格、リズムなどを重んじるとともに、形と押韻にも十分に気を配っておられ、日本語と中国の古典詩歌に対する董氏の蘊蓄の深さが伺える。

　この度の『黒田杏子俳句選訳』の上梓にあたり、誠に恐縮な

がらこの拙文を以って、序に代えさせていただきたい。

　劉徳有　1931年大連に生まれる。中華人民共和国文化部元副部長。現職は中華日本学会名誉会長、中日関係史学会名誉会長、漢俳学会会長、北京大学客員教授、北京外国語大学名誉教授。中国語著書『在日本十五年』『現代日語趣談』『戦後日語新探』『時光之旅——我経歴的中日関係』『心霊之約——我親歴的中日文化・学術交流』『旅懐吟賤——漢俳百首』『我為領袖当翻譯』等。日本語著書『日本語与中国語』『我的人生与日語』。譯書『祈祷』(有吉佐和子)、『突然変成的哑巴』(大江健三郎)、『山芋粥』(芥川龍之介)、『虫子二三事』(尾崎一雄)、『残像』(野間宏)等。2018年「翻譯文化終身成就賞」受賞。

原文

蝉しぐれ木椅子のどこか朽ちはじむ
　　　　　　　——『木の椅子』

译文

一声声蝉鸣

经年木椅何处松

始腐无意中
　　　　　　——《木椅子》

译注

　　蝉为夏天的季语。

原文

湖渡る風はなにいろ更衣
　　　　　　　——『木の椅子』

译文

湖面的风啊

该是什么颜色呢

又到更衣季
　　　　　　　——《木椅子》

译注

　　更衣为初夏的季语。

原文

暗室の男のために秋刀魚焼く
　　　　　　　　——『木の椅子』

译文

我在厨房里

为冲洗胶卷的他

烤制秋刀鱼
　　　　　　——《木椅子》

译注

　　作者的丈夫黑田胜雄是日本摄影艺术家。秋刀鱼为秋天的季语。

原文

遠ざかるとき鮮やかに秋の虹

　　　　　　　——『木の椅子』

译文

远离时分更清晰

秋日彩虹挂天际

　　　　　　——《木椅子》

译注

　　秋日彩虹为三秋的季语。

原文

軒下に濃きすみれある深睡
　　　　　——『木の椅子』

(ふかねむり)

译文

檐下浓郁紫罗兰

屋里一人深睡眠
　　　　　——《木椅子》

译注

紫罗兰为三春的季语。

原文

巫女の間のたたみに残る寒さかな
　　　　　——『木の椅子』

译文

巫女榻榻米房间

残留初春一丝寒

　　　　　——《木椅子》

译注

　　1.巫女又称"神子",是日本神社中的神职之一。
　　2.日语"残る寒さ"是"余寒"的意思,为初春的季语。

原文

青梅の籠に満ちくるくらさかな
　　　　　　　——『木の椅子』

译文

青梅笼子里

充满一片黑

　　　　　　　——《木椅子》

译注

　　青梅为仲夏的季语。

原文

鳥海山の雪痕昏れて月にほふ
　　　　　　　——『木の椅子』

译文

鸟海山上雪痕长

黄昏时分月飘香

　　　　　　——《木椅子》

译注

　　1.鸟海山为横跨日本东北的山形县与秋田县的活火山，海拔2236米。
　　2.雪为冬天的季语。

原文

鴨百羽川の片側遡る

　　　　　　——『木の椅子』

译文

鸭子百只不回头

河流一侧逆水游

　　　　　——《木椅子》

译注

　　鸭子为三冬的季语。

原文

大夕立素顔のまゝにをんな老ゆ
　　　　　　——『木の椅子』

译文

天空突降雷阵雨

女人素颜慢老去
　　　　　　——《木椅子》

译注

雷阵雨为三夏的季语。

原文

冬虹やふたりで回す大轆轤
　　　　　　　——『水の扉』

译文

冬日起彩虹

二人井台打水影

大辘轳转动
　　　　　　——《水之门》

译注

　　日语"冬虹"为三冬的季语。

原文

冬の日の遊行の踵急ぐかな

——『水の扉』

译文

云游四方说法

冬日迈步急跨

——《水之门》

译注

　　日语"遊行"指僧侣云游四方说法，为冬日的季语。这里的僧侣指作者好友尼僧濑户内寂听。

原文

いさり火の隠岐引き寄せて髪あらふ

——『水の扉』

译文

渔火点点夜渐深

隐岐迎来洗发人

——《水之门》

译注

洗发为三夏的季语。

原文

午後となる有給休暇みそさざい

　　　　　　　——『水の扉』

译文

带薪休假中

午后鹪鹩鸣

　　　　　　　——《水之门》

译注

　　鹪鹩为三冬的季语。

原文

立読みの午後の単衣の風の中
　　　　　　——『水の扉』

译文

午后单衣站风中

只因读书太专心
　　　　　　——《水之门》

译注

　　单衣为三夏的季语。

原文

夏帽の幼きかほの翳りけり

　　　　　　——『水の扉』

译文

头戴遮阳帽

阴影小脸俏

　　　　　——《水之门》

译注

日语"夏帽"为夏天的季语。

原文

一人より二人はさびし虫しぐれ

——『水の扉』

译文

虫声犹似阵雨声

二人寂寞胜一人

——《水之门》

译注

　　"虫しぐれ"的日文汉字是"虫時雨",指秋天夜里虫子齐鸣,像阵雨一般。有时为了让句意柔和,作者会故意使用假名。日语"虫時雨"为三秋的季语。

原文

はるばるときて十月の石だたみ
　　　　　　　——『水の扉』

译文

十月石板路

迢迢千里行
　　　　　　　——《水之门》

译注

　　十月为秋天的季语。

原文

門口を灯せば暮れぬ法師蟬
　　　　　　——『水の扉』

译文

灯火照亮家门口

寒蝉声声天不暮
　　　　　　——《水之门》

译注

　　日语"法師蟬"为初秋的季语。

原文

靴紐を故宮に結ぶねこじやらし
　　　　　　　　——『水の扉』

译文

故宫系鞋带

狗尾草枯败

　　　　　　　——《水之门》

译注

　　狗尾草为秋天的季语。

原文

天壇へ昇りつめたる木の葉髪
　　　　　　　——『水の扉』

译文

冬日攀到天坛顶

发似落叶掉不停
　　　　　　——《水之门》

译注

　　日语"木の葉髪"为初冬的季语，意为头发似树叶般掉落。

原文

稲穂垂れとほくのひとの母に似る
　　　　　　　——『水の扉』

译文

稻穗低垂一垄垄

远处人影似母亲
　　　　　　——《水之门》

译注

　　稻穗为三秋的季语。

原文

秋の蝶ましろきものは西湖より

　　　　　　　　——『水の扉』

译文

秋蝶翩然眼前舞

雪白物体出西湖

　　　　　　——《水之门》

译注

　　秋蝶为秋天的季语。

原文

むくろじを六つひろへば人遠し

——『水の扉』

译文

捡起六个无患子

同行伙伴已远去

——《水之门》

译注

无患子为晚秋的季语。

原文

冬のばら魯迅の墓へいそぎけり
　　　　　　　　——『水の扉』

译文

冬季蔷薇开处处

匆匆参拜鲁迅墓
　　　　　　——《水之门》

译注

　　冬季蔷薇为冬天的季语。

原文

古書街のひとつの木椅子冬賞与
　　　　　——『水の扉』

译文

漫游古书街

拉一木椅来歇脚

且当冬季奖

　　　　——《水之门》

译注

　　日语"冬赏"为冬天的季语。

原文

橋いくつ渡りてきたる年忘
　　　　　　　　——『水の扉』

译文

今年走过多座桥

不知不觉年末到
　　　　　　——《水之门》

译注

　　在日本，为了犒赏一年的辛劳，大家会在年末举办酒宴，也称"忘年会"。日语"年忘"为冬天的季语。

原文

薄氷やはなれてひとをなつかしむ

　　　　　　　——『水の扉』

译文

薄冰季节临

怀念远离人

　　　　　　——《水之门》

译注

　　薄冰为初春的季语。

原文

哈密瓜(はみうり)の月のごとくににほひけり

　　　　　　——『一木一草』

译文

月似哈密瓜

清香满飘洒

　　　　　　——《一木一草》

译注

哈密瓜为夏天的季语。

原文

能面のくだけて月の港かな

　　　　　——『一木一草』

译文

能乐面具破碎

港口月光满地

　　　　　——《一木一草》

译注

　　如果没有特别说明，月一般为秋天的季语。

原文

残菊のあざやかなるを剪り束ね

　　　　　　　――『一木一草』

译文

采摘残菊几束

留待艳丽身后

　　　　　　――《一木一草》

译注

　　残菊指重阳节之后开的菊花,为晚秋的季语。

原文

ちちははの那須野の月の畳かな
　　　　　　——『一木一草』

译文

那须野原双亲老

榻榻米上秋月照
　　　　　　——《一木一草》

译注

1.那须野原位于枥木县北部，是呈扇形状的台地。那须野原自然公园，是著名观光景区。

2.月为秋天的季语。

原文

落鮎の串抜きてなほ火の匂ひ
　　　　　——『一木一草』

译文

产卵鲇鱼串

从中抽出细竹签

炭火余香残
　　　　　——《一木一草》

译注

　　1.每年九十月的产卵期，鲇鱼会前往下游产卵。由于产卵后消耗了太多体力，大部分鲇鱼会死去，因此鲇鱼又被称为"一年鱼"。

　　2.日语"落鮎"为三秋的季语。

原文

山上の霧のはやさをよろこびて
　　　　　　——『一木一草』

译文

山头白雾急速移

莫名其妙心欢喜
　　　　　　——《一木一草》

译注

雾为三秋的季语。

原文

とんできて葉にぶらさがり秋の蝉
　　　　　　　　——『一木一草』

译文

秋蝉飞过来

倒挂树叶脉
　　　　　　——《一木一草》

译注

　　秋蝉为秋天的季语。

原文

水澄んで杖かろがろときたりけり

　　　　　　　——『一木一草』

译文

秋高水澄明

杖轻脚步稳

　　　　　　——《一木一草》

译注

　　日语"水澄んで"是季语"水澄む"的变形。"水澄む"是三秋的季语，指秋季秋高气爽，水流似乎也变得清澈起来。

原文

机拭く母に那須野ヶ原の月
　　　　　　——『一木一草』

译文

那须野原秋月明

照亮母亲擦桌影
　　　　　　——《一木一草》

译注

　　月为秋天的季语。

原文

盆の月甲斐は山国雲の国

——『一木一草』

译文

盂兰盆节月又圆

甲斐地处云山间

——《一木一草》

译注

1.在日本，每年阴历七月十五日都会举办一系列祭祀祖先的活动。这一天是盂兰盆节，也叫中元节。

2.日语"盆の月"是指进入秋天的第一个满月，为秋天的季语。

3.甲斐是山梨县的古国名。

原文

野分めく持物すこしづつ捨てゝ

——『一木一草』

译文

秋冬暴风季节临

身边物品逐次扔

——《一木一草》

译注

日语"野分"指秋天的强风,特指伴随台风而来的暴风,是秋天的季语。

原文

天井の高くかなかな夜のかなかな
　　　　　　　——『一木一草』

译文

茅蜩处处悲鸣声

不论夜晚或天井

　　　　——《一木一草》

译注

　　茅蜩为初秋的季语。

原文

僧形のその青年の寒に入る

　　　　　　——『一木一草』

译文

青年形似僧

漫步入寒冬

　　　　　　——《一木一草》

译注

　　入寒冬为晚冬的季语。大约1月6日开始，进入一年中最冷的时期。

原文

ガンジスに身を沈めたる初日かな
　　　　　　　——『一木一草』

译文

恒河映初日

身心思沐浴
　　　　　　　——《一木一草》

译注

　　初日为新年的季语。在日本俳句的岁时记分类中，除了春夏秋冬之外，还单分出了新年的季语。

原文

存分に孤心を敲け冬至鍛冶

——『一木一草』

译文

冬至锻造音

尽情敲孤心

——《一木一草》

译注

冬至为冬天的季语。

原文

ふたり棲む三寒四温働いて
　　　　　　　　——『一木一草』

译文

相依为命二人居

三寒四暖无休息
　　　　　　　　——《一木一草》

译注

　　三寒四暖为晚冬的季语,指临近春季的气候现象。

原文

石の橋戸毎に懸かる朧かな
　　　　　　——『一木一草』

译文

家家户户架石桥

朦朦胧胧春又到
　　　　　　——《一木一草》

译注

日语"朧"为春天的季语,是朦胧的意思。

原文

たそがれてあふれてしだれざくらかな
　　　　　　　——『一木一草』

译文

日暮天向晚

垂樱开灿烂

　　　　——《一木一草》

译注

　　垂樱为春天的季语。

原文

遠雷やひらりと舟に立上り

——『一木一草』

译文

远处传来雷鸣音

船头霍地站起身

——《一木一草》

译注

日语"遠雷"为三夏的季语。

原文

高きより萩の乱るゝ港かな
　　　　　　　——『一木一草』

译文

由高而低萩蒿生

港口周围乱蓬蓬
　　　　　　　——《一木一草》

译注

萩为初秋的季语。

原文

涅槃図のまはりの壁のまあたらし
　　　　　　——『一木一草』

译文

墙挂涅槃图

四壁皆新修

　　　　　　——《一木一草》

译注

　　涅槃图为仲春的季语。

原文

春暁の鹿声明を離れけり

——『一木一草』

译文

春晓梅花鹿群

远离僧侣念经

——《一木一草》

译注

　　日语"春晓"是春天的季语,指佛教法会上僧侣颂咏的佛经声乐。

原文

大磯や雨に椿の落つる音
　　　　　——『一木一草』

译文

大矶春雨中

茶花落地声
　　　　　——《一木一草》

译注

　　1.大矶町位于神奈川县南部，南邻相模湾，是明治中期至昭和初期许多日本政界要人的别墅所在地。
　　2.茶花落地为春天的季语。

原文

花満ちて句仇のまた恋仇

——『一木一草』

译文

花开爱恨忧

诗仇加情仇

——《一木一草》

译注

1.在日本一般提到花,如果没有特别说明,就特指樱花。

2.樱花是春天的季语。

原文

一の橋二の橋ほたるふぶきけり

——『一木一草』

译文

一桥与二桥

萤火似雪飘

——《一木一草》

译注

1. 一桥与二桥为北海道上川地区上川郡下川町的地名。

2. "ほたる"的日文汉字是"螢",翻译成中文是萤火虫的意思,在俳句中属于仲夏的季语。

原文

花びらの散りこんでくる屋台かな
　　　　　　——『一木一草』

译文

花瓣飘飘洒洒

飞入街摊商家
　　　　　　——《一木一草》

译注

　　花瓣指樱花的花瓣，为春天的季语。

原文

風鈴を吊るさびしさをはかるため
    ——『一木一草』

译文

檐下挂风铃

只为量寂静
    ——《一木一草》

译注

  风铃为三夏的季语。

原文

〆切の迫ってをりぬ杏落つ

　　　　　——『一木一草』

译文

截稿日子渐逼近

静听杏熟落地音

　　　　　——《一木一草》

译注

　　杏为仲夏的季语。

原文

ちちはもうははを叱らぬ噴井かな

——『一木一草』

译文

喷井清泉不断涌

不闻父亲斥母声

——《一木一草》

译注

喷井为三夏的季语。

原文

短夜の屏風にはせを曾良の旅

——『一木一草』

译文

凝视夏夜屏风中

芭蕉曾良去吟行

——《一木一草》

译注

　　短夜为三夏的季语。春分过后，天长夜短，夏至这日天最长夜最短。

原文

たかんなや屏風に散らす古俳諧
　　　　　　——『一木一草』

译文

竹笋刚冒尖

屏风有点年代感

尽见古俳谐
　　　　　——《一木一草》

译注

　　竹笋为初夏的季语。

原文

ふたり棲む黴の畳の鮮らしく

　　　　　——『一木一草』

译文

夫唱妇随年复年

草席又添霉菌鲜

　　　　　——《一木一草》

译注

　　霉菌为仲夏的季语。

原文

梅雨の蝶師系異なることもよし

——『一木一草』

译文

梅雨绵绵蝴蝶飞

师承不同无所谓

——《一木一草》

译注

梅雨之蝶为夏季的季语。

原文

橋打って雹の過ぎゆく静けさよ
　　　　　　——『一木一草』

译文

刚听冰雹打桥声

却见眼前一片静
　　　　　　——《一木一草》

译注

　　冰雹为三夏的季语。

原文

雨あらき那須野ヶ原を揚雲雀
　　　　　　　——『花下草上』

译文

那须野原春已归

雨急空高云雀飞
　　　　　　——《花下草上》

译注

　　云雀为春天的季语。

原文

阿彌陀経山水鳥語蓬餅
　　　　　　——『花下草上』

译文

阿弥陀佛诵经声

山水鸟语艾蒿饼
　　　　　　——《花下草上》

译注

　　艾蒿饼为仲春的季语。

原文

舟廊下真葛ヶ原の風を踏み
　　　　　　——『花下草上』

译文

脚踩真葛原野风

站立游船走廊中
　　　　　　——《花下草上》

译注

　　真葛原是秋天的季语,在这里又是双关语。真葛原为京都市东山区北部圆山公园一带的总称,包括附近的青莲院、知恩院、双林寺、八坂神社等地区。

原文

近づいてはるかなりけり除夜の鐘
　　　　　　　——『花下草上』

译文

走近方觉回声远

除夕钟音响耳边

　　　　——《花下草上》

译注

除夕为新年的季语。

原文

鳥屋の鵜の秋思の翼相触れず

——『花下草上』

译文

捕鸟小屋栖鱼鹰

秋思双翼不相碰

——《花下草上》

译注

秋思为秋天的季语。

原文

ひとはみなひとわすれゆくさくらかな
　　　　　　　　——『花下草上』

译文

赏樱发感慨

悲自胸中来

记忆岂长久

人人皆忘怀
　　　　　　——《花下草上》

译注

　　樱花为春天的季语。

原文

秋夜北京兜太林林鉄之介
　　　　　——『花下草上』

译文

秋夜北京重逢

兜太松崎林林

旧识见面格外亲

共话友谊长存

　　　　　——《花下草上》

译注

1.秋夜为秋天的季语。

2. 金子兜太（1919—2018），日本俳人，时任现代俳句协会会长。松崎铁之介（1918—2014），日本俳人，时任俳人协会会长。林林（1910—2012），中国著名诗人，时任中日友好协会副会长。

原文

いなづまや北京の書肆の土間を踏み
　　　　　　　　——『花下草上』

译文

旅行遇闪电

一脚踏进北京的

土地板书店
　　　　　　——《花下草上》

译注

闪电为三秋的季语。

原文

花ひらくべし暁闇の鈴の音に
　　　　　　——『花下草上』

译文

拂晓风铃响

应是开花时

　　　　　　——《花下草上》

译注

　　樱花为春天的季语。

原文

花巡る一生(ひとよ)のわれをなつかしみ

——『花下草上』

译文

怀念我一生

一生赏花人

——《花下草上》

译注

樱花为春天的季语。

原文

雨林曼荼羅螢火無盡藏

　　　　　——『花下草上』

译文

雨林曼荼罗

萤火无尽藏

　　　　——《花下草上》

译注

　　萤火虫为仲夏的季语。

原文

いちじくを割るむらさきの母を割る

――『花下草上』

译文

掰开紫色无花果

宛如慈母凝视我

――《花下草上》

译注

无花果为晚秋的季语。

原文

なほ残る花浴びて坐す草の上

——『花下草上』

译文

尚欲浴残红

静坐青草丛

——《花下草上》

译注

樱花为春天的季语。

原文

ひとのいのちさくらのいのちふぶきけり

——『花下草上』

译文

人魂伴花魂

齐融落樱飞雪中

——《花下草上》

译注

樱花为春天的季语。

原文

たけのこを茹でていそがずあわてずに
　　　　　　　　——『花下草上』

译文

闲暇煮笋汤

不慌也不忙

　　　　——《花下草上》

译注

　　笋为初夏的季语。

原文

漕ぎいづる蛍散華のただ中に
　　　　　　　——『花下草上』

译文

萤火散花正中

画出绚丽夜景

　　　　　　　——《花下草上》

译注

　　萤火虫为仲夏的季语。

原文

おへんろのわれ花の下草の上

——『花下草上』

译文

一路巡礼走来

花下草上豪迈

——《花下草上》

译注

　　"へんろ"的日文汉字是"遍路"。日语"遍路"指参拜、朝圣、巡礼空海大师建立的日本四国地区八十八处寺庙。

原文

兄に逢ふ弟に逢ふほたるかな
　　　　　　——『花下草上』

译文

萤火虫儿我问你

是否遇见我兄弟
　　　　　　——《花下草上》

译注

　　萤火虫为仲夏的季语。

原文

湖よぎる 鶚(みさご)隼(はやぶさ) 眼に蔵(しま)ふ
　　　　　——『花下草上』

译文

鱼鹰鹘鸼掠湖飞

此情此景收眼底
　　　　　——《花下草上》

译注

鹘鸼为三冬的季语。

原文

雑草園ありし楊貴妃櫻散りし
　　　　　　——『花下草上』

译文

杂草园寥寞

杨贵妃樱落
　　　　　　——《花下草上》

译注

　　樱花为春天的季语。

原文

ふたり棲むつめたき酒の盃挙げて
　　　　　　——『花下草上』

译文

老夫与老妻

举杯饮冷酒

　　　　　　——《花下草上》

译注

　　冷酒为三夏的季语。

原文

もとよりのふたりぐらしの西瓜割る
　　　　　　——『花下草上』

译文

自始至终我俩

夫妇分吃西瓜

　　　　　——《花下草上》

译注

西瓜为初秋的季语。

原文

めざめては睡りめざめて雪の山

——『花下草上』

译文

醒来睡去又醒来

眼前雪山一片白

——《花下草上》

译注

雪山为三冬的季语。

原文

働いて睡りてふたり花を待つ
　　　　　　　——『花下草上』

译文

工作睡觉天复天

夫妇二人待花艳
　　　　　　　——《花下草上》

译注

　　樱花为春天的季语。

原文

寂庵の句座二十年飛花落花
　　　　　　——『花下草上』

译文

寂庵句座二十年

花飞花落情非浅
　　　　　　——《花下草上》

译注

　　1.濑户内寂听为日本天台宗尼僧、小说家。其住所称为"寂庵"。作者与其交好，并定期在此举办俳句会。
　　2.日语"飛花落花"为春天的季语。

原文

螢火の数珠のまばゆき行方かな
　　　　　——『花下草上』

译文

远处念珠耀眼光

应是萤火虫去向
　　　　　——《花下草上》

译注

　　萤火虫为仲夏的季语。

原文

枯れて立つ枯れ切つて立つほこらかに

——『日光月光』

译文

枯萎依然立

枯到尽头亦无畏

一生豪迈气

——《日光月光》

译注

枯萎为冬天的季语。

原文

花満ちてゆく鈴の音の湧くやうに
　　　　　　——『日光月光』

译文

樱花逐次盛开

犹如铃声涌来
　　　　　　——《日光月光》

译注

　　樱花为春天的季语。

原文

日光月光すずしさの杖いつぽん
　　　　　　　——『日光月光』

译文

无论日光月光

一根清凉拐杖
　　　　　　——《日光月光》

译注

　　清凉为夏天的季语。

原文

ほたる火や兄の遺せしインク壺
　　　　　　　——『日光月光』

译文

又到萤火飘飞季

亡兄墨壶催人忆
　　　　　　——《日光月光》

译注

萤火虫为仲夏的季语。

原文

ほたるとぶちちははのかほ兄のかほ
——『日光月光』

译文

萤火翻飞到眼前

父母兄长音容现
——《日光月光》

译注

萤火虫为仲夏的季语。

原文

暁蜩ちちははと兄亡くて古稀

　　　　　——『日光月光』

译文

拂晓鸣秋蝉

父母兄长两不见

不觉古稀年

　　　　　——《日光月光》

译注

秋蝉为秋天的季语。

原文

往診の父狐火を見たといふ

——『日光月光』

译文

父亲亲口告诉我

出诊途中见鬼火

——《日光月光》

译注

鬼火为三冬的季语。

原文

狐火の山裾をゆく列に父

——『日光月光』

译文

山脚鬼火列队行

父亲无言独自跟

——《日光月光》

译注

鬼火为三冬的季语。

原文

ちちははの那須野ヶ原の梅雨の月
　　　　　——『日光月光』

译文

那须野原父母老

梅雨之月原上照

　　　　　——《日光月光》

译注

　　梅雨之月为仲夏的季语。

原文

子をもたざれば父母恋し天の川

——『日光月光』

译文

无子之身思双亲

遥遥银河天边横

——《日光月光》

译注

银河为初秋的季语。

原文

野水仙父の往診黒鞄
　　　　　——『日光月光』

译文

父亲出诊黑挎包

山野水仙似嘲笑
　　　　　——《日光月光》

译注

野水仙为晚冬的季语。

原文

長命のちちはは新茶供へけり

　　　　　　——『日光月光』

译文

摆上新茶作供品

感念长寿父母恩

　　　　　　——《日光月光》

译注

新茶为初夏的季语。

原文

くろばねの新茶を配る父母亡くて

——『日光月光』

译文

又到黑羽新茶季

父母双亡无人寄

——《日光月光》

译注

新茶为初夏的季语。

原文

葉櫻の鬱としだるるひかりかな

　　　　　　——『日光月光』

译文

叶樱忧郁且闪光

一起下垂到地上

　　　　　　——《日光月光》

译注

　　叶樱为初夏的季语。

原文

葉櫻に月満ちたれど輝りたれど

——『日光月光』

译文

月光洒满叶樱

树下一片寂静

——《日光月光》

译注

叶樱为初夏的季语。

原文

あをあをと芒種の句座のあをあをと
　　　　　　——『日光月光』

译文

句座青青复青青

芒种皆是咏夏人
　　　　　　——《日光月光》

译注

芒种为仲夏的季语。

原文

長命無欲無名往生白銀河

——『銀河山河』

译文

仰望银河系

思父母长寿无欲

唯无名老去

——《银河山河》

译注

银河为初秋的季语。

原文

法然繪卷一遍繪卷花盡きぬ

——『銀河山河』

译文

法然画卷旁

一遍画卷众人望

樱花落成行

——《银河山河》

译注

1. 法然为平安末期至镰仓初期的僧人，日本净土宗开山祖。

2. 一遍为镰仓中期僧人，日本时宗开山祖。

3. 樱花为春天的季语。

原文

灰燼に帰したる安堵一遍忌

　　　　　——『銀河山河』

译文

归于灰烬方安心

一遍忌日思始终

　　　　　——《银河山河》

译注

　1.一遍为镰仓中期僧人,日本时宗开山祖,于1289年阴历8月23日去世。

　2.日语"一遍忌"为中秋的季语。

原文

狐火の濃淡ゆらぎ父還る

——『銀河山河』

译文

忽明忽暗鬼火闪

父亲完诊把家还

——《银河山河》

译注

鬼火为三冬的季语。

原文

天涯の桔梗を摘む父母のため

　　　　　——『銀河山河』

译文

为感父母恩情

采摘天涯桔梗

　　　　——《银河山河》

译注

　　桔梗为初秋的季语。

原文

ちちははの庭のおほきな焚火跡
　　　　　　——『銀河山河』

译文

父母庭院中

大大篝火痕
　　　　——《银河山河》

译注

　　篝火为三冬的季语。

原文

やや荒れてさくらもみづる父の山
　　　　　　——『銀河山河』

译文

父亲山上略显荒

樱花盛开一道梁
　　　　　　——《银河山河》

译注

樱花为春天的季语。

原文

長命の師よちちははも初夢に
　　　　　　——『銀河山河』

译文

新年第一梦

恩师父母皆其中

三个老寿星
　　　　——《银河山河》

译注

日语"初夢"为新年的季语。

原文

母と眺めし遠山の朝櫻

　　　　　——『銀河山河』

译文

曾与母亲原上眺

远山晨樱开妖娆

　　　　——《银河山河》

译注

　　樱花为春天的季语。

原文

つつましき母と巡りし花の寺
　　　　　　——『銀河山河』

译文

母女谨怀谦卑心

寺庙赏花绕佛行
　　　　　　——《银河山河》

译注

赏花为春天的季语。

原文

千本の葉櫻を打つ雨の音

——『銀河山河』

译文

千株绿叶樱

静听雨打声

——《银河山河》

译注

叶樱为初夏的季语。

原文

月満ちてをり葉櫻の圓城寺
　　　　　　——『銀河山河』

译文

圆城寺庙中

满月照叶樱
　　　　——《银河山河》

译注

1.圆城寺为冈山县加贺郡吉备中央町的天台宗寺院。
2.叶樱为初夏的季语。

原文

長命のちちはは想ふ柚子湯かな

译文

冬至浸沐柚子浴

缅怀长寿父母恩

译注

日语"柚子湯"翻译成中文为"柚子浴",为仲冬的季语。在日本冬至日有喝南瓜小豆粥和洗柚子浴的习俗。柚子浴是将柚子放在浴池泡澡,据说可以防治皮肤皲裂、感冒等。

原文

柚子湯してあしたのことは考へず

译文

浸沐柚子浴

无须想明日

译注

柚子浴为仲冬的季语。

原文

柚子湯してわれに賜はるいのちまた

译文

浸沐柚子浴中

我身宛如重生

译注

柚子浴为仲冬的季语。

原文

柚子湯して父に傅く母若し
　　　　かしづ

译文

父亲柚子浴中

母亲正值妙龄

译注

　　柚子浴为仲冬的季语。

原文

金色の那須野の柚子を湯に放ち

译文

那须野原柚子黄

放入冬至沐浴汤

译注

柚子浴为仲冬的季语。

原文

柚子湯して父を敬まふこと多し

译文

浸沐柚子浴

常敬父亲恩

译注

柚子浴为仲冬的季语。

原文

柚子湯して父兄弟の順に

译文

冬至浸沐柚子浴

父亲兄弟要排序

译注

  柚子浴为仲冬的季语。

原文

結婚記念日の金色の柚子湯

译文

结婚纪念日

金色柚子浴

译注

柚子浴为仲冬的季语。

原文

柚子湯して父若ければ母もまた

译文

沐浴柚子汤中

父母正值青春

译注

柚子浴为仲冬的季语。

原文

柚子湯して訃報のひとつまたひとつ

译文

正欲浸沐柚子澡

讣告一条接一条

译注

柚子浴为仲冬的季语。

原文

柚子湯して那須野ヶ原の星の数

译文

柚子浴池水潺潺

那须野原星闪闪

译注

柚子浴为仲冬的季语。

原文

惜しみなく働きて父柚子湯浴ぶ

译文

辛勤劳作一整天
柚子浴中父亲眠

译注

柚子浴为仲冬的季语。

原文

柚子湯して母に読書のいとまあり

译文

柚子浴池幽雅

母有看书闲暇

译注

柚子浴为仲冬的季语。

原文

ちちははの大往生の柚子湯かな

译文

柚子浴中忆双亲

寿终正寝慰我心

译注

　　以上十四首选自《蓝生》创刊三十周年纪念1月号。标题为"柚子浴·今日与昨日"。

原文

三十の母のかなしみしぐれ虹

译文

母亲三十多哀愁

时雨彩虹挂树头

译注

　　1.时雨为晚秋至初冬下的阵雨，在俳句的季语中归类为初冬。

　　2.时雨彩虹为冬天的季语。

原文

指をさす子にうすれゆくしぐれ虹

译文

少年伸手指天空

时雨彩虹渐朦胧

译注

时雨彩虹为冬天的季语。

原文

うすれゆく天なつかしきしぐれ虹

译文

时雨彩虹挂天际

回忆之中渐淡去

译注

时雨彩虹为冬天的季语。

原文

母と仰ぎしくろばねのしぐれ虹

译文

黑羽时雨彩虹起

母女仰头望天际

译注

1.时雨彩虹为冬天的季语。

2.以上四首选自《蓝生》创刊三十周年纪念2月号,作者回忆一九四四年躲避美军空袭,自东京疏散至栃木县黑羽町的情景。标题为"时雨彩虹"。

原文

寒星座満つ一行の詩を舞へば

译文

君舞一行诗

情满寒星座

译注

寒星为三冬的季语。

原文

寒の星降る白絹の舞人に

译文

手舞白锦绫

寒星落君身

译注

日语"寒の星"为三冬的季语。

原文

金利恵の俳舞寒の星の数

译文

金利惠俳舞

寒星落无数

译注

1.日语"寒の星"为三冬的季语。

2.以上三首作者标注为祝贺韩国舞蹈家金利惠日本成功演出。

原文

閂をしかと白加賀月夜なる

译文

白加贺月夜
紧锁寺门闩

译注

1.白加贺为日本堀内农园的梅品种。
2.月夜为秋天的季语。

原文

白加賀の梅花月夜となりにけり

译文

白加贺梅开

月夜徐徐来

译注

月夜为秋天的季语。

原文

一輪の白加賀の香の月に濃し

译文

一枝白加贺

月夜梅香浓

译注

月夜为秋天的季语。

原文

満席の寂聴法話梅二月

译文

寂听讲法无虚席

梅花开在二月里

译注

1.梅花为春天的季语。

2.以上四首俳句是作者为祝贺濑户内寂听荣获第十一回桂信子赏而作的。

原文

なつかしき那須野ヶ原の春星座

译文

那须野原旧时景

春夜坐看星座群

译注

日语"春星座"为春天的季语。

原文

那珂川に降る春星のかぎりなし

译文

那珂川边落春星
连续不断无止尽

译注

春星为春天的季语。

原文

春星座兄弟姉妹ちちとはは

译文

春夜观星座

兄弟姐妹齐出动

父母也跟从

译注

1.日语"春星座"为春天的季语。

2.以上三首俳句是作者为纪念自己被授予"栃木县大田原市名誉市民"称号而作的。

原文

もう何も欲しくはなくて花を待つ

译文

早已无欲无求

惟愿静待花开

译注

樱花为春天的季语。

原文

幸福と思ふ花待つわが一生

译文

一生等花开

幸福永远在

译注

樱花为春天的季语。

原文

なつかしき写真の母と花を待つ

译文

一张旧时照

与母待花开

译注

樱花为春天的季语。

原文

選句して序文書き上げ花を待つ

译文

选句终了序写成

剩余时光待花丛

译注

　　1.樱花为春天的季语。

　　2.以上四首与前面的各祝贺句、纪念句共十四首均选自《蓝生》创刊三十周年纪念3月号。日文标题为"春星座"。

原文

どの花の木と申さねど花を待つ

译文

无需言树名
只待樱花开

译注

樱花为春天的季语。

原文

ほのぼのとめざめてふたり花を待つ

译文

天微微亮即起身

二人静待睹花容

译注

樱花为春天的季语。

原文

一汁一菜白粥に花を待つ

译文

一汤一菜白米粥

唯求赏花即满足

译注

樱花为春天的季语。

原文

ひっそりと生きて深山の花に問へ

译文

平静度日

深山问花

译注

櫻花为春天的季语。

原文

かの谷のわたくしを待つ山櫻

译文

那面山谷间

山樱正等俺

译注

山樱为春天的季语。

原文

雨音に身を反らしゆく山櫻

译文

山樱自艳丽

反身不听雨

译注

山樱为春天的季语。

原文

日光月光奥の高野の山櫻

译文

高野山樱排成行

沐浴日光和月光

译注

山樱为春天的季语。

原文

山に雨谷間谷間に山櫻

译文

春雨落满山

樱开山谷间

译注

山樱为春天的季语。

原文

花の雨切手箪笥をあらためよ

译文

樱花雨纷纷

邮票盒子待更新

译注

1.日语"花の雨"即樱花雨,为春天的季语。

2.作者因写作随时要向各报社、杂志等邮寄稿件,因此多年来特备一个盒子专放邮票。

原文

おとうとといもうとと聴く花の雨

译文

曾偕弟与妹

共听樱花雨

译注

樱花雨为春天的季语。

原文

本郷の七階に聴く花の雨

译文

本乡七层居

闲来听花雨

译注

1.樱花雨为春天的季语。

2.本乡为东京地名,作者现居此地。

原文

春月の満ちゆく夜々をふるさとに

译文

遥想故里天

夜夜春月圆

译注

春月为春天的季语。

原文

あをき深空に那珂川の春の月

译文

那珂川里春月浮

蔚蓝深空不孤独

译注

1.日语"春の月"为三春的季语。

2.那珂川为作者儿时躲避美军空袭而住过的栃木县的河名。

原文

兜太百年龍太百年さくら

译文

兜太龙太百年祭
春日樱花开遍地

译注

1."さくら"的日文汉字为"樱"。樱花是春天的季语。

2.金子兜太(1919—2018)、饭田龙太(1920—2007)皆为日本著名俳人,与作者交好。

原文

永き佳き一生なりけり花の雲

译文

期许一生永美好

花开如云亦飘渺

译注

日语"花の雲"为春天的季语。

原文

人にふるさとふるさとに花の雲

译文

人生恋故土

故土花生云

译注

1. 日语"花の雲"为春天的季语。

2. 以上十六首选自《蓝生》创刊三十周年纪念4月号，标题为"樱花云"。

原文

山櫻しづかに日の出待ちにけり

译文

山樱沐春风

静待旭日升

译注

山樱为春天的季语。

原文

昇りくるお日様のこゑ花のこゑ

译文

日出红彤彤

樱花笑盈盈

译注

樱花为春天的季语。

原文

八十の花の記憶の無盡蔵

译文

八十年赏樱

回忆无穷尽

译注

樱花为春天的季语。

原文

逢ひにきて近づいてゆく朝櫻

译文

期盼相逢走近

晨樱绚烂似锦

译注

晨樱为春天的季语。

原文

発心の花巡りきし禱りきし

译文

皈依花间游

向佛祈祷心

译注

樱花为春天的季语。

原文

昇りくる朝日いよいよ飛花落花

译文

东升朝日正灼灼

怎奈樱花将飞落

译注

日语"飛花落花"为春天的季语。

原文

つどひきたりて四五人の花の句座

译文

聚来四五人

花句座成阵

译注

花句座为吟咏樱花的作句场所,为春天的季语。

原文

それぞれに生きて一日を花の句座

译文

一日花句座

各自奔前程

译注

花句座为春天的季语。

原文

しだるるは嵯峨野僧伽の朝桜

译文

嵯峨野僧伽

朝樱枝垂花

译注

1.嵯峨野为京都市右京区地名。

2.僧伽为僧侣集会。

3.朝樱为春天的季语。

原文

濃むらさき寂聴さんの花衣

译文

寂听赏花衣

全身皆深紫

译注

花衣为春天的季语。

原文

花の雲寂聴源氏版重ね

译文

眼前樱花云

幻觉重叠源氏君

寂听译版本

译注

樱花为春天的季语。

原文

脊梁山脈みちのくの花の闇

译文

陆奥分水岭

樱花现阴影

译注

  1.陆奥为日本古国名,位于日本东北部,包括现在的岩手、福岛、宫城、青森的大部分地区。

  2.樱花为春天的季语。

原文

花篝天にほほゑむひとのこゑ

译文

赏花篝火场

笑声震天响

译注

1."花"即樱花,为春天的季语。

2.以上十四首选自《蓝生》创刊三十周年纪念5月号,标题为"花篝"。

翻译后记

2007年春天,在日本俳句界泰斗、我的俳句恩师金子兜太先生的书房,第一次听到黑田杏子这个名字。当时我刚在东京农业大学农业经济系读完博士,正忙着找工作。老师看我着急的样子,便提议说:"我认识一位叫黑田杏子的女士,既有才华又有能力,你可以考虑给她做助手一起工作。如果你愿意,我就跟她打个招呼。"由于那时我还没有取得日本的永住权,还有更新签证等许多繁杂的手续要办理,因此委婉谢绝了老师的好意,不过从此便记住了黑田杏子这个名字。

有一次,我从日本回北京收集论文资料,在家里的书架上翻出一本金子兜太老师曾经送给我的由宇多喜代子与黑田杏子共同编撰的《女流俳句集成》(1999年立风书房出版发行),我才发现原来自己家里早已有黑田杏子女士的著作。我已经记不清楚金子兜太老师送给我这本书的具体时间,大约是我还在中日友好协会工作,金子兜太老师率日本俳人代表团访问北京的时候。自此之后,由于金子兜太老师的关系,我经常听到黑田杏子女士的名字,并逐渐开始关注其人与作品。

虽然有时在与金子兜太老师相关的聚会上,能看到黑田杏子女士忙碌的身影,却一直没有机会交流。2018年11月17日,

津田塾大学举办了"兜太与未来俳句的研究论坛"。在这次论坛上，我第一次与黑田杏子女士碰面，聆听了她的演讲，并在晚餐时进行了短暂交流。2019年5月18日，熊谷市市立文化中心文化馆举办了"追悼·金子兜太——现代俳句的引领者"的讲演会。那天，我被指定作为黑田杏子女士的助手，在后台帮忙。演讲结束后，应金子兜太老师的儿子真土夫妇邀请，我与黑田杏子女士夫妇、出版社的和气元先生，还有表弟邹彬共进晚餐。晚餐前在金子家的客厅，我再次得以与黑田杏子女士交流，进一步加深了对她的了解，敬佩之心油然而生。

不久后，承蒙黑田杏子女士的厚意，我开始往其主办的俳句杂志《蓝生》投稿，这些稿件中包括对金子兜太老师的纪念文章。在此之前，我曾经翻译介绍过金子兜太老师的俳句作品及回忆录，还没有尝试过翻译其他流派的作品。这次在取得黑田杏子女士许可的情况下，从2019年秋天开始尝试翻译其作品。在翻译过程中，我比较集中地阅读了黑田杏子女士的俳句作品及俳句论著，收获颇多，对其在创作和学术方面的成就赞叹不已。

黑田杏子女士，1938年出生于日本东京，1944年为躲避美军轰炸被疏散到枥木县，直到高中毕业才返回东京。1957年就读于东京女子大学，同年5月参加俳句研究会"白塔会"，并师从山口青邨学习俳句，成为其主办的俳句杂志《夏草》的会员。1961年就职于日本第二大广告公司博报堂，历任广播电视节目策划人、广告主编、特别调查者等。1968年，30岁的她

开始"日本列岛樱花巡礼"。1995年，57岁的她到达樱花巡礼的最后一站——高知，完成心愿。1979年，她参加了濑户内寂听的南印度之旅，这次旅行彻底改变了她此前的人生观。自1985年之后的28年间，她每月都作为俳句讲师出席京都的"寂听杏子句会"，风雨无阻。以该句座为基点，她还完整参加了西国、坂东、秩父"日本百尊观音巡礼吟行"，同时参加了"四国八十八所遍路吟行"。1990年山口青邨先生去世后，她独立创刊《蓝生》并任主编。2020年秋天，《蓝生》迎来了创刊30周年。

多年来，黑田杏子女士不拘泥俳坛流派束缚，以宽阔的胸襟和视野编撰了《证言——昭和的俳句》（角川选书出版发行）一书，收录了包括金子兜太等多位引领战后俳坛的著名俳句作家的作品，多次策划了金子兜太先生与各界名人的访谈活动，并兼任主持人，编撰了《金子兜太养生训》《存在者金子兜太》《漫谈兜太》等多部记录金子兜太先生人生经验的著作。黑田杏子女士还主持创办了以金子兜太的名字命名的综合性杂志《兜太TOTA》（藤原书店出版发行）等，被称为是最理解金子兜太俳句的人。2020年2月，日本现代俳句协会为了表彰黑田杏子女士的诸多业绩，授予其"第20届现代俳句大奖"，开创了现代俳句协会授予该协会会员之外人士奖项的先河。这里顺便提一下，金子兜太先生生前曾先后担任现代俳句协会会长、名誉会长。

黑田杏子女士的俳句，从题材和艺术方面来看，可谓异彩

纷呈、多姿多彩,体现了其旺盛的创作力。下面我将具体举例加以说明。

ちちははの那須野の月の畳かな
那须野原双亲老
榻榻米上秋月照

机拭く母に那須野ヶ原の月
那须野原秋月明
照亮母亲擦桌影

朧夜のたしかに酔うてゐたる母
朦胧夜晚醉朦胧
始知母亲醉不醒

ちちはもうははを叱らぬ噴井かな
喷井清泉不断涌
不闻父亲斥母声

いちじくを割るむらさきの母を割る
掰开紫色无花果
宛如慈母凝视我

这五首俳句是作者从不同的视角出发，表达了对父母的深切怀念和敬爱之情。从字面上推测，作者创作这几首俳句时还很年轻，她从女儿的角度来观察父母，觉得父母已经上了年纪。其实换作我们也有同样的感受，在外工作一段时间之后，回家看望父母总会突然发现父母老了很多。

かよひ路の我が橋いくつ都鳥

通勤路上行

数座大桥眼前横

蛎鹬争相鸣

発心の花巡りきし禱りきし

皈依花间游

向佛祈祷心

音たてて天に到れる花簪

赏花簪火红

燃声震夜空

八十の花の記憶の無盡蔵

八十年赏樱

回忆无穷尽

つどいきたりて四五人の花の句座

聚来四五人

花句座成阵

それぞれに生きて一日を花の句座

一日花句座

各自奔前程

　　这六首俳句时作者描绘了每年春天樱花盛开，独自或与家人、朋友一起赏樱的场景。不同俳句展现了作者在不同时期、不同场景时赏樱的不同心情。

　　第一首俳句写的是作者小时候跟哥哥一起来御茶水赏花，没想1962年大学毕业后，她就职于位于神田锦町的日本第二大广告公司博报堂，每天都要路过这里的石桥，到对面的御茶水站乘电车。

　　第二首巡礼樱花的俳句写的是作者在繁忙的事务工作中，偷得片刻闲暇，决定给身心放个假，尽情赏花。

　　第三首是写退休之后，作者终于可以静下心来，围着篝火安心赏花，此情此景或许永远留在记忆深处。

　　第四首是说到八十岁为止的赏花经历和记忆已成为无尽的宝藏。

　　第五首描写的是作者与四五个俳句友人一起赏花作句。一

般情况下，三个人就可以组成一个小型句会，四五人的话句数当然会增多，内容也会变得更加丰富。

第六首写各位俳句友人大部分时间都是各自在不同的场所从事着不同的职业，但今日大家可以全天聚在樱花树下赏花作句。也许此时在世界的某个角落正有人去世，但我们暂且忘记现实，享受眼前的美好一刻吧。这也充分显示了俳句及俳句会的无穷魅力。

ガンジスに身を沈めたる初日かな
恒河映初日
身心思沐浴

花ひらくべし暁闇の鈴の音に
拂晓风铃响
应是开花时

たそがれてあふれてしだれざくらかな
日暮天向晚
垂樱开灿烂

なほ残る花浴びて坐す草の上
尚欲浴残红

静坐青草丛

漕ぎいづる蛍散華のただ中に
萤火散花正中
画出绚丽夜景

日光月光すずしさの杖いっぽん
无论日光月光
一根清凉拐杖

飛ぶやうに秋の遍路のきたりけり
健步如飞不觉苦
踏遍秋日巡礼路

白葱のひかりの棒をいま刻む
白葱轻轻切
光棒分分短

这八首俳句是作者参加完西国、坂东、秩父"日本百尊观音巡礼吟行","四国八十八所遍路吟行"后,在四国高知县土佐清水市足摺岬的四国灵场第三十八番札所金刚福寺献灯时所立的俳句碑石作品。

靴紐を故宮に結ぶねこじやらし
故宫系鞋带
狗尾草枯败

天壇へ昇りつめたる木の葉髪
冬日攀到天坛顶
发似落叶掉不停

秋の蝶ましろきものは西湖より
秋蝶翩然眼前舞
雪白物体出西湖

冬のばら魯迅の墓へいそぎけり
冬季蔷薇开处处
匆匆参拜鲁迅墓

这四首俳句描写了作者不同时期来中国访问时的所见所闻。此外，刘德有先生在序中所引均为佳作，这里不再引用。

黑田杏子女士佳作甚多，这个选译本远远不足以展示其全部，只能起到管中窥豹的作用。译者在匆忙中完成译稿，有幸得到黑田杏子女士及国内方家指正。中国汉俳学会刘德有会长亲自题写书名并作序，邹宁先生、任国强先生分别精心设计封

面和版面初稿，负责统筹联络的赵庆丰先生，馆胁成美女士认真统稿，负责检查稿件的王丽萍女士、袁栋梁先生，负责联系出版的池の先生，以及陕西旅游出版社的王伟老师和韩舒老师为本书出版付出很多努力，在此一并致以衷心感谢。

董振华

二〇二〇年于东京中野

翻訳後記

　始めて黒田杏子という名前を耳にしたのは、博士課程を修了した2007年の春で、私を俳句の世界へ導いた日本俳句界の泰斗・金子兜太先生の書斎であった。当時、就活を急ぐ私を見て、兜太先生は「黒田杏子という非常に有能な女性がいてね、彼女の助手として一緒に仕事をしたらどうか。もし君にそのような気があれば俺から話しておくよ」と助言してくださった。当時、まだ永住権を取得しておらず、またビザの切替問題などを抱えていたため、兜太先生に迷惑をかけたくなかったが、黒田杏子という名前を覚えた。

　ある時、私は北京の実家へ戻って資料を探すと、本棚に兜太先生から頂いた宇多喜代子・黒田杏子合同編集の『女流俳句集成』（立風書房・1999年）を目にした。この時、初めて我が家にはずっと前々から黒田先生の著書があったことに気がついた。それから、兜太先生の関係で度々黒田杏子という名前を耳にするようになり、そして、本人とその作品に関心を持つようになった。

　しかしながら、お互いに仕事を抱えているため、兜太

先生に関わる集いで、いつもお姿を拝見するだけで、交流する機会は殆どなかった。2018年11月17日に、津田塾大学で開催された「兜太と未来俳句のための研究フォーラム」で、初めて黒田先生と対面し、先生のスピーチを拝聴した後、晩餐会で先生と短い交流の時間を持った。以後、兜太先生に関わることで、電話のやり取りも何回かあった。二回目は2019年5月18日に、熊谷市立文化センター文化会館で開催された、企画展「追悼・金子兜太～現代俳句の牽引者～」の講演会であった。私は黒田先生の助手として楽屋で待機しながら、スピーチを聞いていた。夜は兜太先生のご子息・真土さんご夫妻の招待で、黒田先生ご夫妻、和気元氏、私と弟の鄒彬が夕食を共にしたため、金子家の客間で、改めて黒田先生と交流する時間を持った。こうして、黒田先生に対する認識が一層深まり、尊敬の念が益々募った。6月に入ると、黒田先生のご厚意に甘えて「藍生」へ投句したり、文章を書いたりするようになってから、ずっとお世話になっている。

　今まで中日文化交流のため、兜太先生の作品の中国語訳を試みたことがあるが、他の俳人の作品の中訳を試みたことがない。この度は知遇の恩に報いるため、異なる流派の黒田先生の俳句を中国語に翻訳してみようという

考えを持つに至った。そして黒田先生の了解を得て、昨年の秋から翻訳の作業に着手した。作業の過程において得られた更なる大きな収穫は、比較的に短い期間で集中的に黒田先生の俳句作品及び俳句論を閲読できたことであり、先生の俳句創作と学術における業績に対し、尊敬の念を再確認できたことである。

　黒田杏子先生は1938年に東京都に生まれ、1944年栃木県に疎開、高校卒業まで栃木県内で過ごした。1957年、東京女子大学入学と同時に俳句研究会「白塔会」に入り、山口青邨の指導を受け、青邨主宰の「夏草」に入会。1961年同大学文理学部心理学科卒業後、博報堂に入社。テレビ、ラジオ局プランナー、雑誌『広告』編集長などを務めた。1968年30歳の時に、単独行「日本列島櫻花巡礼」を発心。1995年57歳の時にようやく高知にて満行。1979年「寂聴ツアー南印度」の参加を機に、それまでの自然観、人生観が改められた。その後の1985年から28年間にわたって、毎月「寂庵あんず句会」の講師として京都に行く。この座を基点に「西国、坂東、秩父」の日本観音巡拝吟行と「四国八十八ヶ所遍路吟行」を結社の仲間と積み重ね、全て満行。1990年山口青邨師没後、「藍生」を創刊・主宰する。2020年の秋、「藍生」創立30周年を迎えた。

黒田杏子先生は長年にわたり、俳壇の流派という陳腐の観念にこだわらず、広い胸襟と長い視野を以って、『証言・昭和の俳句』（角川選書）を編纂した。中には金子兜太先生を含む、戦後俳壇をリードした十三人の先達の俳句作品を収録している。同時に黒田先生はまた兜太先生のもっともよき理解者と称され、長年にわたり兜太先生と共に日本各地で講演を行った。そして、いくたびも兜太先生と各界著名人の対談・鼎談を企画し、かつ自ら対談人と問題提起人を務められた。さらに、『金子兜太養生訓』、『存在者・金子兜太』、『語る兜太』など、兜太先生の人生経験を収録する著作を編纂された。2017年には、兜太先生の名前で創刊した雑誌『兜太TOTA』（藤原書店）の主幹を務られた。これらの業績を表彰するため、2020年2月、日本現代俳句協会は、黒田杏子先生に「第十二回現代俳句大賞」を授与した。おそらく現代俳句協会員以外の方にこの賞を授けたのは始めてだろうと思う。ちなみに、兜太先生は生前に現代俳句協会会長、名誉会長を歴任された。
　黒田先生の俳句は、題材と芸術の面から見ると、異彩を放ち、多種多様に富み、正に、その旺盛な創作力を表している。次に具体例を挙げて説明を試みる。

ちちははの那須野の月の畳かな

那须野原双亲老

榻榻米上秋月照

机拭く母に那須野ヶ原の月

那须野原秋月明

照亮母亲擦桌影

朧夜のたしかに酔うてゐたる母

朦胧夜晚醉朦胧

始知母亲醉不醒

ちちはもうははを叱らぬ噴井かな

喷井清泉不断涌

不闻父亲斥母声

いちじくを割るむらさきの母を割る

掰开紫色无花果

宛如慈母凝视我

上に挙げられた各句は、黒田先生が異なる角度からご両親への記憶や敬愛の情を表現されている。字面から見ると、作者

は当時まだ相当若くて、娘としての視点から見た両親はすでに老けていた。実際に似たような感じが私たちにもあるだろう。社会人になり、やがて別の世帯を持つに至ったころ、たまさかに実家へ帰り、両親が急に老け込んで見えたりしたものである。また、次のように、

かよひ路の我が橋いくつ都鳥
通勤路上行
数座大桥眼前横
蛎鹬争相鸣

発心の花巡りきし禱りきし
皈依花间游
向佛祈祷心

音たてて天に到れる花簪
赏花簪火红
燃声震天空

八十の花の記憶の無盡蔵
八十年赏樱
回忆无穷尽

つどいきたりて四五人の花の句座
聚来四五人
花句座成陣

それぞれに生きて一日を花の句座
一日花句座
各自奔前程

　この 6 句は、作者は毎年桜が満開する季節に、一人で或いは家族や句友などと一緒に花見を行い、異なる場における花見の想いと情景を詠まれている。
　一句目は幼き頃、兄上と一緒に御茶ノ水で花見をしたが、思いもよらず、1962 年大学卒業後、神田錦町にある会社の博報堂に通勤するようになると、毎日のようにこの駅を使い、この橋を通過したという思いの句。二句目は気分転換のため、仕事の合間に、しばらくの間仕事を忘れて存分に花見を楽しもうという心情、その情景は永遠に記憶の奥に刻まれている。三句目は定年退職後、ようやく落ち着いて、篝火を囲んで花見することができた。ちなみに花篝とは夜桜を鑑賞するために焚くかがり火。京都祇園のものが有名。四句目は、八十歳になるまで積み重ねた花見の経験や思いは、まるで無尽蔵のようである。五句目は、句友の 4、5 人と花見をしながら小さな句会を開く。一般的に 3 人いれば、小さな句会ができるが、

4、5人集ってくると、句数も多く増え、内容も豊富になる。六句目は句友はふだんそれぞれことなる場所でことなる職業に携わっている。しかし、今日一日は桜の木の下に集まり、花見をしながら作句する。この時点、世界のどこかに誰かが死んでいるかもしれない。しかし私たちはしばらく現実を忘れて、とりあえず目の前の美しい一時を楽しもうよ。これはいかにも俳句及び俳句会の巨大な磁場力が表れている証拠である。

ガンジスに身を沈めたる初日かな
恒河映初日
身心思沐浴

花ひらくべし暁闇の鈴の音に
拂晓风铃响
应是开花时

たそがれてあふれてしだれざくらかな
日暮天向晚
垂樱开灿烂

なほ残る花浴びて坐す草の上
尚欲浴残红

静坐青草丛

漕ぎいづる蛍散華のただ中に
萤火散花正中
画出绚丽夜景

日光月光すずしさの杖いっぽん
手拄清凉绿竹杖，
沐浴日光与月光。

飛ぶやうに秋の遍路のきたりけり
健步如飞不觉苦，
踏遍秋日巡礼路。

白葱のひかりの棒をいま刻む
白葱轻轻切，
光棒分分短。

この 8 句は作者が「西国、坂東、秩父」の日本百尊観音巡拝吟行と「四国八十八ヶ所遍路吟行」に同時に参加して、全部満行の後、四国の高知県土佐清水市足摺岬にある四国霊場第三十八番札所金剛福寺にて献燈を行い、建立した句

碑のもの。

靴紐を故宮に結ぶねこじやらし
故宮系鞋帯
狗尾草枯败

天壇へ昇りつめたる木の葉髪
攀到天坛顶
脱发掉不停

秋の蝶ましろきものは西湖より
秋蝶翩然眼前舞
雪白物体出西湖

冬のばら魯迅の墓へいそぎけり
冬季蔷薇开处处
匆匆参拜鲁迅墓

　この4句は作者が異なる時期の中国訪問に際し、各地での所見と所聞を俳句に詠まれた佳句である。もちろん、まだまだたくさんあるが、ここでの列挙を省かせていただく。このほかに、劉徳有先生が序文で引用した句はいずれも先生の

名句である。

　黒田先生の好句はとても多く、この訳本では先生の全部の業績を代表することは遥かに足りない。まるで竹の管から豹を覗くというようなことではあるが、誘い水として将来黒田先生の俳句がより多く中国語に翻訳されればと願っている。翻訳者は雑事の中で匆々と翻訳原稿を完成し、幸いにも黒田先生及び国内の翻訳専門の先生から指導を仰いだ。また中国漢俳学会の劉徳有会長から題字の揮毫と序文をいただき、そして最初の表紙デザインを友人の鄒寧氏に、組版を任国強氏に、選題企画、編集、校正をそれぞれ「聊楽句会」の友人の趙慶豊氏、舘脇成美氏、王麗萍氏と耕讀書局の袁棟梁氏にお願いした。なお、出版全体にあたり、お世話になった耕讀書局の池的先生、一方ならぬ多大なご尽力をされた陝西旅游出版社の王偉先生と韓舒先生に併せて心から感謝の意を表する。

　2020年東京中野にて